당신에게 가는 강

김숙희 제2시집

봄날에 피는 꽃을 보며 설레듯 그와 같은 마음의 떨림과 기대로 가득 찼던 첫 번째 시집 〈당신에겐 말해줄게요〉 이후 두 번째 시집 〈당신에게 가는 길〉은 마치 사랑하는 이를 만나러 가는 즐거움 같은 것이었습니다. 전과는 사뭇 다른 가벼워진 마음이었고 깊게 흐르는 강물처럼 고요한 작업이었습니다.

기다림의 시간이 순식간에 녹아내리고, 온 존재가 따스한 빛에 감싸이는 듯 한 순간이 있습니다.

하얀 종이를 곱게 물들인 숨결마저도 사랑스러운 가슴 속 시인의 이야기가 사람들의 가슴에서 그런 순간이었으면 좋겠습니다.

세상의 모든 소음이 잦아들며 사랑하는 이의 목소리만이 선율처럼 귓가에 울리듯 반짝 빛을 내는 그 순간이 〈당신에게 가는 길〉에 있다면 그것이 가장 값지고 아름다운 선물일 것입니다.

〈당신에게 가는 길〉은 가을이 무르익어가는 저녁 시간처럼 중년의 나이로 물들어가는 때를 사는 그리스도인으로서 하나님 앞에 서는 날이 오기 전에 드리고픈 고백과, 여인의 삶에서 느껴지는 은은한 향기 같은 이야기입니다.

세상에서의 시간이 잠시 멈추는 그 순간이 사랑하는 분을 마주하는 첫 순간이 될 때가 올 것입니다. 그때를 위해 수줍은 두 번째 시집 〈당신에게 가는 길〉이 영혼 구원 사역에 전제로 부어지기를 소망해 봅니다.

지구 쓰레기를 만드는 일 같다며 시집 내기를 망설이던 제게 쓰레기에서도 꽃이 핀다며 물심양면으로 힘을 실어주신 함금태 이사장님께 진심으로 감사드립니다.

2025년 3월 25일

시인 길숙희

1

2

당신에게 가는 길

수많은 이들이 당신에게 가는 길 즈음
보는 이로 애처롭게 하는 절벽에
나를 심어 놓으셨어요
거친 파도에도 아름다움은 여전하고
풍랑에 향기가 흩어질 때도 기쁘지만
딱히 보아주는 이가 없습니다

한때는 한 번의 날갯짓으로
지구 몇 바퀴를 돌고 도는
바보 새 알바트로스가 부러웠지만
단 한 번의 낙하로 비상할 때
무엇 하나 잘한 게 없지마는
절벽에 단단히 뿌리 내렸던 평생은
후회가 없을 것 같습니다

녹아내릴 것 같은 뜨거운
아스팔트 갈라진 틈에서
이름 모를 풀이 꽃을 피우고 있어
가던 길을 멈추고
당신이 내게 말씀하신 것처럼

말을 해 주었습니다

나는 네가 참 대견하구나

*시작 노트: 한 번의 날갯짓으로 죽기 전까지 땅에 내려앉지 않고 날아다닌다는
전설의 새. 몸길이는 91cm, 날개가 2~3.5m라서 지상에 내려앉으면 큰 날개가
오히려 장애물이 된다.

사랑이 무엇이기에

얼마나 사랑하기에
모든 것을 깨뜨려 준 것도 모자라
이 차가운 사람을 기다리기까지 하는가

얼마나 사랑했기에
몸이 찢기는 아픔과
가슴을 후벼 파는 치욕스러움을 참으며
벗겨진 채 마지막 숨까지 외면당하고도
그토록 행복할 수 있었나

그대는 어찌
다 주고도 아깝지 않을 수 있으며
벗었으나 부끄럽지 않을 수 있으며
모든 것을 잃고 다 이룰 수 있었나

어떻게 사랑해야
그대가 준 그 마음 가까이
그 깊음에 닿을 수 있는가

얼마큼 사랑해야

벗지 않고도 부끄러운 나는
깊은 한숨에서 자유로울 수 있는가

야훼께 길을 묻는 나그네

나의 영혼이 성소로 들어갑니다
산제사로 드릴 때에
나그네의 삶이 예배가 되고
주만 경배하게 하소서

어디로 가야 할지 보이지 않고
어떻게 해야 할지 알 수 없고
홀로 남겨져 아무 소리 안 들려도
주만 찾고 또 찾습니다

침묵하실지라도
지체하실지라도
더디 오실지라도
주께 한 발짝 더 나아갑니다

하나님의 나라 임하소서

그분의 솜씨로 지음 받은 걸작품이
모두 모여 예배하는 교회가
하나님의 나라

그분이 부어주시는 평안으로
믿음의 역사가 살아 숨 쉬는 가정이
하나님의 나라

완벽하지 않은 그대와 내가
완전한 하나됨이
하나님의 나라

그분의 임재로 가득한
새로운 세상이 열리는 골방이
하나님의 나라

영원한 봄날

피고 지는 꽃이
왔다 가는 인생과 닮았습니다

이 땅에서 인생 꽃이 지고 나면
소생하는 봄의 화사함같이
그대 천국에서 새로워질 것입니다

이곳이 황량한 겨울이라면
천국은 영원한 봄날입니다

오직 내 영은

그의 부르심에
내 영은 종일 기뻐함으로
즐거이 춤을 춥니다

그의 맡기심에
충성심이 불일 듯 일어나
용맹한 군사답게 화답합니다

머잖아 하늘로부터 나팔이 울리면
온 세상 구석구석
주의 다시 오심을 보고 듣게 될 것입니다

마침내 부르심의 완성을 이루시는 그날
감히 상상할 수조차 없는
그 보좌 앞에서 일어날 일을 기다립니다

행복

예수 안에서 담대하게 사는 것

예수님과 깊은 사귐이 있는 것

예수 안에서 믿음으로 죽는 것

믿기만 하면 받는 구원이라는데

나아만의 나병이 요단강 물에
몸을 일곱 번 씻어
깨끗하여지는 것만큼이나 쉬운 일이
여기 하나 더 있습니다
바로 예수를 믿기만 하면 받는 구원이죠

믿기만 하면 받는 구원의 기쁜 소리가
아직도 터무니없는 헛소리로 들리시나요
십 원보다 적은 구 원 같아
하찮고 같잖은가요

그 세대에 많던 나병환자 중 오직 그만
깨끗함을 입은 일은
오늘 우리에게 경종이 됩니다
곧 임할 새 예루살렘에 들어가는 이가
진정 예수를 주로 믿은 그 사람이기에

*시작 노트 : 아람의 군대 장관(현-시리아) 나아만은 나병을 고치기 위해 하나님의 사람 엘리사가 있는 이스라엘로 간다. 당시 이스라엘에도 나병(문둥병 또는 한센병) 환자가 많았지만(눅4장27절) 오직 나아만 한 사람이 말씀에 순종함으로 깨끗함을 얻었다. 오늘날 구원받아야 할 수많은 죄인들이 "주 예수를 믿으라 그리하면 너와 네 집이 구원을 받으리라" 는 말씀에 순종하여 모두가 구원받기를 바라고 이런 시를 써서라도 전도하고 싶다.

사랑의 향기로 다시 오시는 이여

한 번의 찾아오심으로도
그대 향기를 잊을 수가 없어요

그대의 눈동자에 가득한 사랑은
더 이상 사랑을 고프지 않게 하고요

한 번의 만져주신 손길로도 충분한
숨이 막히는 기적이었어요

베데스다 연못에 물의 동함을
기다리고 또 기다리는 그 사람처럼

혼인하는 날
신랑을 기다리는 그 여인처럼

단번에 알아볼 임이여
어서 오셔요

괜찮아, 믿으면 그만이야

왕의 길도 지독하게 험난하지 않았니
그의 쓰러짐도 한두 번이 아니었고
그대의 넘어짐으로 절망하지 마
다시 일어나면 그만인 것을

하나님의 아들에게도 욕하고 대적하지 않았니
그대를 싫어하고 공격함에 대해
기이하다 여기지 마
그분이 인정하면 그만인 것을

세상은 원래가 인정머리 하나 없지 않았니
사납게 달려들며 끝장을 보려 안달하고
실낱같은 희망마저 삼키려 하지만 두려워 마
평화의 나라를 믿기만 하면 그만인 것을

세상이 감당 못하는 사람이 있는데
그가 믿음의 사람이거든

순종

보혈이 낭자한 길을
어찌 불평하며 가리

십자가의 길을
절며라도 따라 가리

평안

주 안에 산다는 것은
폭풍의 눈 안에 있는 것과 같다

어지러운 세상에서
단언컨데 피할 길은
오직 그분의 품밖에 없다

주께 드리는 기도

폭망한 인생이 슬퍼 낙담한
나오미의 기도
통회하고 자복함으로 자비와 용서를 구하는
다윗의 기도
선악을 분별하는 듣는 마음을 구했던 지혜의 왕
솔로몬의 기도
하나님만이 참 신이심을 불의 응답으로 증명한
엘리야의 기도
나라와 민족을 위해 피눈물 흘린
예레미야의 기도
사명을 피해 삼켜진 큰 물고기 뱃속에서 여호와를 찾은
요나의 기도
처참히 죽은 예수를 보며 단장의 고통으로 부르짖은
성모 마리아의 기도
성도를 위해 전제로 부어지는 헌신과 희생도 기뻐한
사도 바울의 기도
십자가 고통의 두려움 이기고 아버지 뜻에 순종을 결단한
예수님의 기도
주의 임재로 영광과 부흥이 이 땅 가득하기를 구하는
작은 자의 기도도 들어주소서

나의 결혼식 (My Wedding)

매일 기름을 준비하고
불 밝혀 맞을 준비함이
반백 년이 되어 갑니다

사람들이 요란을 떱니다
그만하면 되었으니 잊으라고
흠모할 만한 것들은 널렸다고

약속을 듣지 못한 이들이
기다림의 설렘을 알 리 없는 이들이
깊이를 헤아릴 수 없는 우리의 신뢰를
몰라 하는 말들입니다

조롱받던 자리에서 영광의 자리로
어리석은 자로 여김을 받다 존귀한 자로
기다림의 갈급함을 활기찬 축제로
낙타 무릎을 일으켜 기뻐 춤추게 하실
그날을 위하여

이른 아침부터 신부의 단장을 하고

깊어가는 밤 기름을 채워 등불 밝혀
다시 오실 시온의 대로를 엽니다
이 바람에 응하실
섬세한 응답을 위하여

어느 사모의 이야기

지금은 천국에 계실 사모님
괴산을 함께 가며
살아온 이야기에 터져버린 나의 눈물샘

사모의 삶을 살아보지 않고는
사모의 길을 걸어보지 않고는
도무지 이해할 수 없는 삶의 이야기였다

홀로 흘려야 했던 눈물과 아픔을
솔직 담백한 시로 풀던 사모님은
주님의 품에 안긴 지금
어떤 시로 노래를 짓고 계실까

*시작 노트 : 지금은 천국으로 거처를 옮기신 이월순 사모님. 고독하고 외로운 길
이라 주님 없이는 살 수 없는 사모들의 삶. 그분과 잠시 대화를 나눈 뒤 화장실에
서 흘렸던 눈물을 나는 잊을 수가 없다.

어느 사모의 고백

인생의 로뎀나무 아래에서
절규하며 오열하는
애달픈 기도 소리

눈먼 자가 눈을 뜨고
듣지 못하던 자의 귀가 열리듯
마침내 듣게 되는 소리

깊은 골짜기 흐르는 물이
모난 돌멩이들을 만날 때마다
들려주는 청아한 노랫소리

앞으로도 많은 어려움을 만날 거야
그렇대도 노래해 흐르는 물처럼
네가 부르는 노래의 아름다움을 알게 될 테니까

수없이 힘겨움에 지칠 거야
그렇대도 노래해 부딪히는 돌멩이들처럼
다듬어지는 너의 부드러움에 놀랄 테니까

더 좋은 곳으로 인도할 거야
내 손을 놓지 않는 한
어떤 것도 너를 해할 순 없거든

어디로 가는지 모르고 흐르는 물처럼
살아본 적 없는 내일로 향해 가는 네가
매번 설레고 두근거렸으면 좋겠어

아세요?

보내심을 받은 선지자들을
그대가 거절할 때
주님의 마음을요

외치는 자의 소리를
그대가 듣지 않을 때
주님의 마음을요

사랑하는 그대가
교회를 떠났을 때
주님의 마음을요

주님의 마음을 안다면
이제 그만
돌아오세요

*시작 노트 : 코로나19 이후 '가나안 성도' 라는 신조어가 생겼다. '가나안' 을 거꾸로 읽으면 '안 나가' 인데 일명 교회를 안 나가겠다고 떠난 성도들을 가리키는 말이란다. 교회를 안 나가기로 다짐한 많은 이유가 있겠지마는 그 이유를 주님이 들으신다면 어떤 마음이실지 기도하다가 안타까운 마음에 P.16쪽 [[정녕 네가 알기를]]과 함께 짓게 된 시다.

정녕 네가 알기를

모르죠
하나님이 우리를
얼마나 사랑하시는지

모르죠
지금 받아 누리는 이 구원에
어떤 대가가 지불 되었는지

모르죠
자격 없는 자가
존귀한 자라 여김 받음을

모르죠
제 잘난 맛에 사는 중에도
붙드시는 힘의 근원이 주께 있음을

모르죠
우리의 신음하는 소리를 듣고
짐을 기꺼이 짊어지고 가시는 그분을

모르죠
이 하루가 그분의 손짓의 기회이고
끝없는 기적이라는 사실을

나는

질그릇 중에
가장 작은 종지입니다

그 중에서도
가장 속 좁고 못난

이것저것 담을 생각이 없고
많이 담을 꿈도 안 꿉니다

오직 보배를 담으니
꽉 찼습니다

이 질그릇 같은 몸 깨어지면
더욱 보배는 넘칠 겁니다

사명

누구나 갈 수 있는 길이 아니랍니다
누구나 할 수 있는 일이 아니랍니다
누구나 마실 수 있는 잔이 아니랍니다
누구나 깨뜨려 붓는 옥합이 아니랍니다
누구나 뜻을 정하는 마음이 아니랍니다
누구나 드릴 수 있는 인생이 아니랍니다

그래선가요
그의 뜻에 다 합당한 사람은 아니었습니다

그런데요
그분께서 지금 당신을 부르십니다

이상하고 신비로운 이야기

모두를 사랑해서
모두를 위해 죽고
모든 것을 용서한
가늠하기조차 어려운
예수의 기담

믿음과 사랑으로
감격과 감사로
따름과 순종으로
화답하는 것이 마땅하건만

격렬히 대적하고
차갑게 외면하였으며
반드시 죽이고야 말겠다고
더욱 그릇된 길로만 가는 무리들

그래서일까
메아리로 울리고 퍼지도록
힘껏 외치고 싶은 그 이름 예수
눈시울 뜨겁게 가슴 벅차게 사랑하는 예수

*시작 노트 : 기담 - 이상하고 신비한 이야기

기대

모두가
온
전
한
행복을 꿈꾸나

세상 만물을 보라
날
마
다
푸름이 아니듯

하늘을 보라
언
제
나
맑음도 아니다

혼돈의 세상

그
러
나
그분 말씀에 평안이 온다

개봉박두

사랑하는 이와 이별의 아픔은
생각
그 이상이었다

훗날

사랑했던 이와 재회의 감격은
기대
그 이상일 것이다

세상 왕권을 찾아 심판자로
구름 타고 오시는 그날
생각 그 이상의 일이 벌어질 것이며
기대 그 이상의 일을 보게 될 것이다

*시작 노트 : 중국의 옛 수도인 개봉(開封)은 열어본다는 개봉과 똑같은 한자를 쓰고, 박두(迫頭)는 군대가 쳐들어온다는 뜻이다. 개봉박두는 왕권을 빼앗기 위해 군대가 수도 개봉을 쳐들어온다는 말로 말을 타고 온 군대가 수도 개봉을 빼앗기 직전의 긴박한 분위기! 이것이 바로 개봉박두이다.

치매

이 땅에 속한 모든 기억이
다 잊혀지고
다 지워지고
다 버려져도
기억하고 싶은 단 한 사람
"예수"

기도의 화답

너를 택하여 부름은
영원히 죽지 않는 영생을 주기 위함이며
구주 예슈아를 호흡하는 모든 인생에게
담대히 전하게 하려 함이라

내 안에 참된 기쁨과 즐거움이 있나니
하나님 아들 예슈아가 내 구주이심이라
생명이 불꽃이라면 이 불꽃 꺼지는 날까지
이것을 노래하고 자랑하리니

나 어찌 잠잠하리오
나 어찌 경배치 않으리오
나 어찌 그의 사랑 잊으리오

특별하단다 (Special One!)

저들은 너를

욕하고
짓밟고
상하게 하며
죽이려하나

나에게 너는

지켜야 할 보물이고
품어야 할 여인이며
영원히 함께 갈 동무이자
단 하나의 특별함이란다

도피성 예수

나 어릴 적 친구 집에 놀러간 오빠를
찾으러 간 적이 있다
그 집 마당에서 놀던 장닭이 어찌나 사납던지
내 어깨 위로 날아올라 부리로
머리를 힘껏 쪼아대는 바람에 놀라서 한참을 울었다

나 마흔 살 때쯤 태어난 지 한 달 된 새끼 강아지를
입양해 키웠던 적이 있다
쪼그만 게 성질이 어찌나 사나운지
거칠게 짖어대며 달려들면
잠잠해질 때까지 소파 위에 피해 있었다

장닭이 쫓아와 부리로 쪼아대고
새끼 강아지가 짖으며 달려들어도 무서운데
다짜고짜 죽일 기세로 쫓아오는 자는
얼마나 무섭고 두려울까

오직 한 곳 안전이 보장된 도피성을 알고 있다
그곳에 나는 있다
사나운 장닭과 새끼 강아지와 쫓는 자들을 피해
너무도 안전한 곳에

쭉정이

진정 우리가
온전함과 거룩함과 진리를 쫓는 자이면
이 땅의 모든 것을 배설물로 여길지며
그에 반하는 모든 것을 버리게 하소서
그것이 마땅합니다.

결의에 찬 기도를 올리고
돌아서 나오며 들려오는 소리
버리지 못하여 단장의 고통으로 괴로워하는
믿음이 적은 자여

고귀한 사랑

만나기 전부터
설레고

마주보고 앉은 것만도
즐겁고

헤어지기 전부터
그리운

이렇게 좋은 걸
진즉에 알았더라면
냉큼 안겼을 텐데

오랜 시간 기다리고
또 기다려주어
고맙습니다

긴 외면의 시간을
홀로 견디게 한 것
미안합니다

살아서는 모르는 것

신석기 시대 그는
자기가 죽어
만년설에서 미라로
영원히 남게 될 줄을
살아서는 정녕
몰랐을 것이다

살아 있는 그대는
지금 모를 수 있다
신령과 진정으로 예배하던 자가
천국에서 하나님의 자녀로
영원히 살게 될 줄을

비밀의 방

한 번도 본 적이 없는
전혀 다른 세상을 그곳에서 보아요

한 번도 느낀 적 없는
신비한 감정을 그곳에서 경험하고요

탄식이 탄성으로 변하는
세상이에요

신음이 웃음으로 변하는
세계에요

그분과 하나 되는
기도의 골방이 그곳이에요

내 탓이오

황사의 영향으로 미세먼지 농도가 높아
창문 너머로 보이는 풍경이 뿌옇다
어쩜, 화창해야 할 봄 날씨가 이 모양이라니
탁한 공기 탓에 빨래도 외출도 글렀다
하루 온종일 창밖을 보며 투덜댔다

며칠째 꼼짝달싹 못하고 지내다
옥상에 있는 화초에 물을 주려다
창문을 열고 화들짝 놀랐다

유리알처럼 반짝이는 햇볕이며
공기는 또 어찌나 맑던지
그동안 창문 너머로 본 풍경이
뿌옇고 더럽기까지 했던 것은
우리 집 창문 유리에 먼지가 쌓인 탓이었다

깨끗한 창밖의 청량한 풍경을 보며
탓하며 불평 가득했던 시간이 부끄러웠다
그때 귓가에 종이 울렸다

외식하는 자여

자신의 눈 속에 있는 들보를 깨닫지 못하고

형제의 눈 속에 있는 티를 보고 빼게 하라 하는가

*시작 노트 : 우리나라는 중국과 몽골의 사막화와 기후변화, 산업화의 영향으로 3월~5월 사이 봄철에 강한 편서풍이 불어오면서 화창한 봄날을 점점 보기 힘들어지고 있다. 날씨만의 문제가 아닌 사람 사이의 관계에서도 점점 마음이 강팍해지면서 서로를 사랑으로 보지 못하고 있지는 않은가 생각해 본다.

후회 없음을 위해

화려하고 짜릿한 놀이를
앞세우며 달려보라 할 때
비틀거리며 위태롭게 걸을지라도
눈을 들어 주를 봅니다

시선이 집중되는 성공이 전부라며
어둠의 속삭임이 정신을 흔들 때
취한 세상에 베이고 꺾일지라도
주께로 향하여 갑니다

갈기갈기 찢겨 피투성이
상한 마음일 때
마지막 순간까지 놓지 않으시는
주의 사랑을 따릅니다

존귀한 영혼아
모든 소망을 하늘에 두며
너를 붙드시는 이께 맡기고
순전한 그 마음을 드릴지어다

아름다운 동행

앞서 가시며 길을 내시고
진리를 가르쳐 깨닫게 하시고
넘어질 때면
일으켜 세우시는 이를 믿기에
낙심치 않으나

언약이 이루어지기까지
실패와 좌절의 시나리오 속에
광야의 길은 멀고 험하여
새벽을 깨운 여인들의 기도에
통곡이 흐릅니다

그의 변함없으신 은혜로
자유를 외쳐 부르고
그가 함께하심에 승리를 노래하니
참 즐거움이 이곳에 있으므로
큰 기쁨이 넘칩니다

*시작 노트 : 새벽마다 성전에 나와 예수님의 당부대로 자녀를 위해 울며 기도하는 여인들이 기도를 마치고 기뻐하며 돌아가는 모습은 주와 아름다운 동행이 있기 때문이다. 하나님의 나라와 주의 뜻이 이루어지는 세대를 살게 하소서.

마중 가는 길

다시 오시겠다서서
기다렸습니다

긴 기다림에
그리움이란 녀석이 자라고 있습니다

그리움을 품고 사는 것은
외로움과 괴로움입니다

외로움과 괴로움 끝에서
죽음이란 이름으로 우린 만나게 됩니다

죽음의 순간은 지금껏 경험하지 못한
경이로움일 것입니다

경이로움으로 가득할 그날이
무척 기대가 되고 설레기까지 합니다

설렘으로 마주 걸어오실 그대에게
마중 가는 길입니다

그대의 사랑은

거침없으시다
막힘없으시다
아낌없으시다
후회없으시다
미련없으시다

그러기에 충분하시다

마라나타

억만금을 줘도
다 필요 없어요

열 가지 소원까지
품지 않아요

딱 한 가지만
이루어지면 되어요

다시 입 맞추고 안을 수 있게
어서 오셔요

*시작 노트 : 초대교회 잔혹한 박해 가운데 그리스도인들의 한 가지 바람. 그리고
급변하는 그래서 예측이 불가능해 불안한 마지막 때를 사는 우리가 바랄 것은 오
직 하나! "마라나타, 주 예수여! 어서 오시옵소서." 가 아닐까요?

왜 의심하느냐

혈육들이 도끼가 되어
도끼마다 내 발등을 찍어댔다
경계하며 살았어야 했나
믿어선 안 되는 것이었나
한번쯤은 의심을 했어야 했나
그래서는 안 되는 것이지 않나

죄악을 도말해주신 용서
질병과 상처로부터 치유
외로이 홀로 두지 않는 임마누엘
그 나라에 들어가게 하는 구원
널 향한 변함없는 나의 사랑은
결코 의심하지 마라

엄마, 예수님이 오셨어요

응급실로 실습 나간
딸에게서 문자가 왔다

엄마
환자가 설사를 계속해서
옷 갈아입히고
침대 시트 갈고
매트를 닦고 왔는데
갑자기 토를 해서
손으로 받았어요

다급한 상태의 환자들을
돌보고 있을 아이에게
답장을 보냈다

오늘 예수님께서
우리 딸을 찾아오셨네
지극히 작은 자 하나에게 한 것이
예수님께 한 것이라는데
귀한 마음으로 환자를 대하는

우리 딸이 대견하다

잠시 후 딸에게서
다시 문자가 왔다

엄마
예수님께서 또 오셨어요

춘삼월 눈꽃처럼

사순절 새벽녘 울리는 기도
추수 전 늦은 비가 내릴 때에
이곳에 지금껏 보지 못한 부흥이 있게 하소서
하늘의 뜻을 보고 듣는 마음을 주사
어둠이 짙어지는 세대를 밝히는 불꽃이게 하소서

춘삼월 교회 마당
낮이면 봄볕과 봄바람이 가득할 때에
새벽녘 눈꽃이 피었습니다
봄날의 꽃을 기다리는 이들에게
눈꽃은 선물이 아닐 수 없습니다

이제껏 경험하지 못한
환난과 위험한 날들에
극상품 포도 열매처럼
마지막에 핀 눈꽃처럼
불꽃처럼 살길 원합니다

죽음

눈을 감는 것
이곳에서의 마지막 호흡
그 순간 임하는 것
영원히 사는 부활

어디에서 와서
어디로 가는지 알고
어떻게 살아야 할지 깨닫게 하는
세상 가장 심오한 죽음

모두에게 찾아 올
그날의 그 순간을 위해
지금 꼭 만나야 할 예수
세상 가장 아름다운 이름

아버지의 마음

네가 예수 믿고 구원받는 거란다

천국 백성 된 네가 이 진리의 복음을
온 세상에 전파하는 거란다

말씀과 기도로 날마다
나와 친밀한 교제를 하는 거란다

항상 감사하며 기뻐하는
성령 충만한 삶을 사는 거란다

세상 앞에 죽음 앞에 쫄지 말고
강하고 담대한 대장부로 살다 오렴

침묵이 필요해

적막함 속에 모리아 산으로 가는 이들이 있습니다

사랑하는 독자 이삭을
번제로 드려라 하신 천부 하나님
백 세에 낳은 사랑하는 아들 독자 이삭을
번제로 드려야만 하는 아버지 아브라함
무작정 불 피울 번제 나무를 어깨에 지고
제물 없는 제사에 궁금한 게 많은 아들 이삭

아브라함이 사흘 길 동안 침묵하지 않았더라면

천부의 언약이 의심스러웠을 것입니다
천부의 사랑이 의심스러웠을 것입니다
천부의 신앙이 의심스러웠을 것입니다
천부의 인격이 의심스러웠을 것입니다

드디어 모리아 산 한 자리에 이들이 있습니다

그 사람의 절대 믿음에 감동하셔서
숫양을 준비하신 천부 하나님

자신의 믿음을 인정받고
아들과 함께 집으로 갈 생각에 기쁜 아브라함
여호와 이레와 아버지의 절대 순종을 목격하고
신앙의 깊은 깨달음을 얻은 이삭

아브라함이 침묵해야 할 때에 침묵하지 않았더라면

아비가 포도주에 취해 벌거벗은 사실을
형제들에게 이야기하고
저주받은 함의 자손들처럼
납득할 수 없는 일에 대해
이삭의 침묵도 깨지지 않았을까

*시작 노트 : "여호와 이레"는 여호와의 산에서 준비되리라. 과연 아브라함의 절대 신앙은 틀리지 않았고 여호와 하나님은 이삭 대신 번제의 희생양을 준비하셨다. 번제는 죄로 인한 하나님의 진노하심 또는 절대 헌신을 위해 제물을 완전히 태워 드리는 구약의 제사였다. 번제에 해당하는 히브리어 '올라'는 연기가 하늘로 올라간다는 의미인데 번제는 여호와께 드리는 향기로운 냄새였다.

만일 아브라함이 이삭에게 하나님께서 너를 태워 드리라신다 말했다면 어린 이삭은 어떤 생각을 했을까? '하나님께서 우상을 섬기는 자들같이 인신공양을 하라시고 받으신다고?' 신앙을 의심하지 않았겠나. '그걸 또 내 아버지는 하시겠다고?' 인격을 의심하지 않았겠나. '백 세나 되어 얻은 아브라함의 씨로 번성케 하신다는 그 언약은 또 어쩌시려고?' 언약을 의심하지 않았겠나. '하나님도 아버지도 나를 번제의 제물로 삼으려 하니 그 입의 사랑이 의심스러워.' 이렇게 합리적인 의심과 원망과 불만과 불평을 하지 않았을까?

포도주에 취한 노아가 벗었음이 사실임에도 불구하고 그것을 형제에게 말한 함과 자손은 저주를 받았다. 때때로 우리가 사실이라고 떠들어대는 것까지도 침묵하며 기도해야 하는 때가 있다. 이때의 침묵은 정금보다 진주보다 귀하다.

"성경 속 인물 중에는 대단한 사람들이 많지만, 출생과 집안의 배경, 교육의 수준부터가 남달랐던 사도바울을 빼놓을 수 없죠. 그는 회심 후에도 사도들과 그리스도인 중에서 하나님을 향한 충성스러움 역시 최고였습니다. 그래서일까요? 나는 여러모로 부족함이 많은 사람이라 사도바울을 마주할 때면 한없이 부끄러워지고 기가 죽습니다.

그때 다윗을 생각하면 위로가 됩니다. 다윗은 이스라엘의 왕이었지만 그의 허물과 연약함은 참으로 사람 냄새가 나서 좋습니다. 침상을 적시며 야훼 하나님의 얼굴을 구할 때 그를 마음에 합당한 자로 여기신 하나님 아버지께 저도 염치불구하고 나아갈 용기를 얻기 때문입니다."

이것은 존경하는 선배 목사님이 오래전 쑥스러워하시며 하신 고백입니다.

2부의 시들은 완벽할 수 없어서 사람 냄새나는 친근함과 부끄러울 만큼 마음의 연약함을 여실히 보여주는 작품들입니다.
그럼에도 이렇게 세상에 내놓은 것은 누군가에게 위안이 된다면 감사할 따름이고 또 그렇게 되기를 바라기 때문입니다.

씨 뿌리는 자의 선물

씨를 뿌리는 자가
부드러운 마음 마음마다
씨앗을 뿌려 놓고 갔어요

솜씨
섬세함과 능숙함으로
정성스레 만든 작품들은
감탄을 자아내는 씨앗이에요

마음씨
진심 어린 따뜻한 배려와 공감은
편안한 쉼이 되고
포근한 마음 곁에 머물게 하는 씨앗이에요

맵씨
단아함과 우아한 태도와 세련된 차림새는
그 사람의 품격이고 센스가 돋보이는
매력적인 씨앗이에요

말씨
때에 맞는 부드러운 말과
재치 있는 유머 감각은
주변의 분위기를 밝게 만드는 씨앗이에요

아무개씨
평범한 일상에 친근하게 들어와
매일을 특별하게 해주는 아무개씨는
사막에 오아시스 같은 씨앗이에요

뿌려진 이 좋은 씨앗들 잘 가꾸는
그 사람에게는
꽃에 벌 나비 새가 날아들듯
평생 친구 하며 살자는 이 많을 거예요

*시작 노트 : 맵씨->맵시

내 사랑 그대

그대 마음은
퍼주고 또 퍼주고도
펑펑 솟아나오는
마르지 않는 샘인가요

그리 다 주고도
더 못 주어 안달 내며
헤벌쭉 웃는 그대는
참말로 바보입니다

아랑곳하지 않고 살다
돌아와 보면
꿈쩍 않고 그 자리에서
기다리고 있는 그대

이 마음을
후벼 파고 또 파는
내 사랑 그대는
참말로 바보입니다

너의 의미

잔인함이 휘몰아치던 날
내 꽃밭에 뿌리내린
잡초라고 불리는
너를 뽑아내지 않기로 했다

강낭콩 가족의 행복

치킨 한 마리
여섯이 좋아하는 부위 한두 개씩 먹으면
더 욕심부리지 않는 우리

딸기 한 바구니
식탁 위에 올려두고 여섯이 모일 때까지
꾹 참고 기다리는 우리

예쁜 옷
돌아가며 입어야 하는 날을 정하고
그날을 묵묵히 기다려주는 우리

희망

광활한 대지에 봄이 오면
온통 꽃들로 만발하고
눈이 부시게 타오를 거예요

아무리 변화의 속도가 빠르고
기막힌 소식이 들려도
우리가 아는 것을 고대할 거예요

그런 거잖아요
절대 놓을 수 없어 몸부림치며
고이고이 품고 싶어지는 것

광활한 대지에 봄이 오기를
황량한 벌판에 서서
꼿꼿이 기다리는 것

숨길 수 없이 좋음

좋아하는 곳은
돌고 돌아서라도 기꺼이 찾아 가요

좋아하는 일을 위해서라면
시간과 돈이 조금도 아깝지 않아요

좋아하는 것을 잃으면
기어코 찾아내고야 말아요

좋아하는 사람을 만난다는 것은
진작부터 설레고 기다림은 도리어 즐거워요

좋아하는 마음은
숨길 수 없는 재채기 연기 냄새 같아요

그 사람의 집

내 안에 그대가 삽니다

초록빛 싱그러운 봄
향기로운 꽃들에 날아든 나비처럼

눈부신 햇살에 찌푸린 여름
송골송골 맺힌 땀 닦아주는 실바람처럼

고운 빛 단풍으로 물든 가을
청량한 바람에 흔들리는 풍경처럼

소슬한 찬바람에 생명조차 얼어붙은 겨울
맨몸뚱이 위로 피어난 눈꽃처럼

내 안에 그대가 삽니다

사랑을 찾아

내가 사랑이라 믿었던 것들은
즐거움이 주는 괴로움이었다

내가 사랑해서 좋아했던 것들은
달콤함이 주는 고통이었다

완전한 사랑을 찾아
미치도록 사랑해 보니

청진기 없이도 심장이
얼마나 격한 소리를 내며 뛰는지 알았다

좋은 사람 당신에게서

향기가 나요
좋은 사람 당신에게서는

먼 곳에 있어도
바람 타고 코끝을 간질이는
향기로 찾아 와요

아주아주 매력적이고
묘하게도 마음에 평온함을 줘요

기억하고 있는 당신의 그 향기는
나를 더욱 나답게 만드는 힘이 있어요

좋은 사람 당신에게는
아주 특별한 향기가 있어요

시3

연인을 사랑하듯
애틋하고

친구를 대하듯
수다스럽고

자녀의 이름을 짓듯
고민하며 시에 제목 짓기

시4

흥얼거리는 노래 한가락

한 방울 한 방울 담아 모은 눈물

삶의 무게를 더는 한숨

용기 내어 드리는 고백

민들레 홀씨처럼 날아서
누군가의 가슴에 남을 이야기

어쩌면 쓸모없는 먼지 같은
지구 쓰레기

상처

마음이 다치고
그 마음을 닫는 것

어쩌다가

뜨겁게 사랑하고
지독하게 미워하고
차갑게 외면하며
아무렇지 않은 가슴으로
살고 있나

어쩌다
우린..

이별1

이별이 아픈 것은
지독히 사랑했기 때문이다

이별이
이렇게 고통스러울 줄이야

세월이 약이란 말은
엉터리들의 거짓말이다

이별2

불쑥 생각나면
뜬금없이 눈물 나는 일

몇 번을 해봐도
익숙해지지 않는 일

엎질러진 물 같아서
주워 담을 수 없는 일

흔적을 하나씩 지워가며
미친 듯 그리워하는 일

이별3

그대에게 나는 누구인지
나에게 그대는 누구인지
부재에서
더디
더디 오는
깨달음

이별4

짧은 인사라도 건넬
여유가 있다면
미안했다 말은 해야겠어요
살수록 안쓰러워지는
당신에게

이별5

외롭겠죠
힘들기도 하겠죠
하지만 잘 견뎌내겠죠

잠시 헤어져 있음은
그리움이라는 선물을
툭 던져놓고 갔어요

난 그럴 거야

달리지 않아도 가는 게 세월이고
서두르지 않아도 이루어가는 게 삶이야
두 계단 세 계단씩 오르고 내려갈 건 뭐야
급할 거 없잖아

해 뜨면 구름이 와서 가리고
꽃이 피면 바람이 불어 흔들고
열매 맺으면 새들이 와서 쪼아대는
그게 인생이야

차분하게 견디며 가는 거야

가을에는

스치는 바람도
깊이 들어오는 공기도
높고 푸르른 하늘도
이 느낌까지는 아니었던
가을입니다

더욱 아름다워지는 이 계절
여유로운 나날
그리움이 가득한 채 잊혀지는
그 사람을 만나고픈
가을입니다

마음먹은 대로 되지 않고
그 걸음이 아무 때나 오지 않으며
생각과 달리 어려운 일이니
애틋하여 더욱 설레는
가을입니다

어리석음

잃고서야 소중함을 깨닫는
시간
사람
행복
젊음
건강
기회
돈

별 볼 일 없는 인생이라도

극렬한 풀무 불 만큼이나
삼킬 듯 뜨거운
사랑을 했다

영구히 녹지 않는 얼음만큼이나
매섭게 차가운
이별을 했다

시립도록 아프고
미치도록 서러운
뒤얽힌 사연이 있다

온 세상을 뒤덮은 눈도
한낮의 햇살에 녹아버리면
그만이다

겨우겨우 힘들게 싸워 이기고
가까스로 견뎌내며 피운 꽃이
나였다

길

우리 모두는
어딘가로 정처 없이 가고 있는
사람들처럼 보인다

그러나 우린
마침내 가야 할 곳으로
오고 있는 것이다

새해 아침의 떡국 한 그릇

새해 아침
뜨끈한 떡국 한 그릇이
식탁에 놓였다

나이 듦은
애써 외면했던 사람들을 향해
외면당할 나에게로 가는 길이다

오롯이 견뎌야 했던 모진 비바람은
잘못으로 비롯된 것은 아니었으나
분명히 감당해야 할 스스로의 몫이었다

녹록치 않은 삶에
귀띔도 없이 찾아온 힘든 일들이
춤을 추는구나 싶었다

먼 길 걸어와 돌이켜보니
행복했던 일들도 만만치 않게
소리도 없이 내려 소복이 쌓여 있다

걱정 없이 담담히
서두르지 않고 흔들림 없이
살아갈 수 있겠다

새해 아침
뜨끈한 떡국 한 그릇을
거뜬히 비웠다

나의 미어캣

두 발로 작은 몸을
꼿꼿하게 세우고
무리를 지어 햇볕을 쬐는 미어캣

삼엄하게 경계태세를 늦추지 않는
너의 모습 탓에
아프리카 사막의 파수꾼이라 하지

미어캣 너는
동물의 왕국에서
가장 귀엽고 사랑스럽지

충성스런 나의 미어캣
우리들의 나라에서
가장 믿음직한 파수꾼이지

전우들이여

빛바래 사라진다 생각지 마오
더욱 빛날 자리로 가는 것이니 말이오

그대들처럼 살다 가고 싶은 이가 바로 나요
세상을 이기며 사는 위풍당당함
세월만큼 채워놓은 우아함
세속적이지 않은 순수함

잘못 살았다 생각지 마오
그대들의 걸음은 조금도 헛되지 않았으니 말이오

그대들처럼 나이 들고 싶은 이가 바로 나요
세상이 감당할 수 없는 견고한 믿음
새벽 미명 머리를 조아려 무릎으로 나갔던 행진
사사로운 지혜에 흔들리지 않는 겸손

화려한 꽃도 떨어져야
그 자리에 열매가 열리듯
그대들 떠난 자리에서
고귀한 열매가 열릴 것이오

전우들이여
나는 믿소
그대들의 승리를

억수로 아쉽데이

잠 못 드는 밤
누워 뵈는 탁 트인 풍경은
유명 화가 뺨칠 명작인기라

굽이굽이 넘고 넘을 산마루에 노을이 물들고
향긋한 저녁 바람 위로 반짝이는 별들
그 평온함은 쥐이준다아이가

절대 놓지 않을 긴데
아...
오랜 꿈이 멀어져 가는 듯하데이

월급

통장에 찍힌 월급은
한 달 동안
귀를 의심케 하는 모욕적인 말과
기막힌 요구도 꿋꿋하게
현대판 노예의 대우를 견디며
피 같은 시간과 바꾼
노동의 대가요
내 가치 값이다

이렇게 사는 것이 맞나 싶다

스트레스

주면서
난리지

받으면
날리지

疾風勁草 (질풍경초)

내리는 빗줄기를 오롯이
맞고 서 있는 모습이야
처량하기 그지없으나

강한 폭우에도
꺾이지 않는 꿋꿋한 절개가
뭉클하오

전례 없는 비바람을 견디어내니
비로소 굳은 지조가
빛이 나오

여리고 고운 그대에게서
풍진 세상을 사는
우릴 보오

이웃사촌

인생의 겨울을
우리 모두가 살며
이 하루하루
추위에 떨지만 말고
모닥불이라도 피워
사랑하는 사람들
하나 둘 옹기종기 모여
따숩게 해주고
도란도란 이야기꽃
피워야겠어요

어제 피운 모닥불처럼….

헛된 욕심

가지려 해도
가질 수 없는
세상 같아

연신 퍼 담아도
여전히 그대로인
바다 같아

잔뜩 잡아보지만
다 빠져나가 버리는
모래알 같아

감사가 없어 그래

숨을 깊이 몰아쉬어도
시원하지 않고

주머니가 두둑해도
든든하지 않고

새롭게 찾은 여행지가
흥미롭지 않고

기막힌 풍경이 펼쳐져도
가슴은 요동치지 않고

풍미가 가득한 별미에도
입맛이 살지 않고

시인이 시를 써도
마음이 담겨지지 않는 것은

감사가 없어 그래

한때일 뿐이야

비워야 하나
채워야 하나
애꿎은 펜이라도 꺾어야 하나

발버둥 치면
도리어 늪처럼 더 빠져들까
잃어가는 삶의 의욕이 설까

진작했더라면 하던 일
일찍이 했었다면 달라졌을까
괜히 했다 한숨을 달고 살까

괜찮아
소나기 같은
한때일 뿐이야

실망

사랑하기 전엔
그대 마음 알고 싶다면
관심이라며 좋아하더니

사랑하고 나선
그대 마음 알고 싶어 하니
간섭이라며 짜증을 내요

사람이 변한 건가요
사랑이 변한 건가요
사실을 말해 주기도 귀찮은가요

이럴 줄 알아서
이런 건 줄 알아서
이런 사랑 안 하는 거예요

그렇게 깊은 뜻이

사랑하고
이별하고
그리워지면
눈시울이 붉어지고
가슴이 미어지는 건

국적
성별
생김새
모든 것이 달라도
세계 공통인가 봐

보이지 않는 그 마음도 그렇다고
쉽게 읽혀지라고
알아주라고
위로해 주라고
그래서 세계 공통인가 봐

알 수 없는 한 가지

그대와 내가 어쩌다 우리가 되어
굽이굽이 고난의 길을
함께 웃으며 걸어왔던 걸까요

처절히 녹아내린 마음마저도
훤히 들여다볼 수 있는 세월에
미움보다 긍휼이 더 커져만 가는 걸까요

다시 하라면 못 할
다시 살라면 못 살 일인데
끄떡 않고 다가올 날도 함께할 테죠

수십억 명 중 어쩌다
그대와 내가 우리가 되어

아무것도 아냐 (Nothing)

지금 그 사랑
Nothing

힘들게 하는 그 사람
Nothing

뼈를 깎는 고난
Nothing

막막한 현실
Nothing

아무것도 아냐
심각해지지 말자고

캡슐에 갇힌 그림자

칠흑같이 어둡던 곳에서
죽을 만큼 아파하고
거부할 수 없는 험난한 길을
바라보며 울던 모습은
캡슐에 갇힌 그날의 그림자입니다

홀로 두지 마소서
버려진 자로 살게 마소서
모른다 하지 마시고
잊지도 마소서
그럴싸한 포장을 걷어내며
간절했습니다

울으렴
충분한 애도 후에 보내 주렴
그때도 지금도 너를 알고
너와 늘 함께할 거야
너는 무척 사랑스럽고
너는 내게 너무나 소중하단다

때맞춤 (timing)

몸살 나고
안달 내고
긴 긴 시간이 흐른 후
알게 된 것
다 때가 있더라

헛되고 헛되니
모든 것이 헛되다잖아

몸살 날 필요 없어
안달 낼 필요 없어
긴 긴 시간이 흐른 지금
알게 된 것
다 때가 있더라

제대로 살란 말이다

빈껍데기는
너인 건지
나인 건지

찐 사랑

지성인답게 고상한 말로 거절하고
자신보다 더 사랑했던
그 가슴으로 홀로서기 할 만큼

바람이 불 때마다 흔들리고
휘청거리다 휘어지고
마침내 꺾여 버릴지도 모를 하필 그때

그 사람의 찐 사랑은
이룰 수 없는
불가능한 것이었나

참 다행이야

즐거움이 이런 거였어
따뜻함이 이런 거였어
함께가 이런 거였어
행복이 이런 거였어

이런 건 줄 몰랐지
꿈꾸던 대로였음
어쩔 뻔 했어

여기가 전부라 믿고
신나서 미쳤을 거야
이것이 전부라 믿고
욕심쟁이로 살았을 거야

삶이 이런 거라면
사랑이 이런 거라면
사귐이 이런 거라면
인생이 이런 거라면

이제라도 알게 되니

얼마나 다행이야
참 다행이야

아심

사람은 죽을 때가 되면
살아온 삶이 주마등처럼
지나간다지

단조로운 삶인지라
주마등처럼 지나갈
이야기가 없네

아쉰 맘을
그댄 아심

웃긴다

오지 않아도 된다기에
안 가겠다 했더니
삐졌냐 그래

다시 오래서
갔더니
속도 없냐 그래

밥 먹으러 오래서
밥은 안 먹겠다 했더니
성질부리냐 그래

예의 없이 대하기에
불쾌하다 했더니
자존감이 낮냐 그러네

그냥 말을 해
다 니 맘에 안 든다고
지가 문제면서
별걸 다 트집 잡고 있어

방황

여기 어디
나 왜 여기

확실한 이유

앙상한 뼈만 남은 그대는 죽었노라
말하지 않는 이유
새싹이 움트고 꽃을 피우는
봄이 오기 때문이오

숨통 막히는 더위와 타들어가는 갈증을
견딜 수 있는 이유
알알이 꽉 차서 달고 단 열매들을 수확할
풍성한 가을이 오기 때문이오

죽도록 사랑한다는 그대 말을
믿지 못하는 이유
썩어빠진 거짓부렁에는
넘어가지 않기 때문이오

여행3

어떤 사람인지 알게 되고
그 사람을 이해하고
거리를 좁혀가고
결국 마음이 닿는 여정

여행4

늘 꿈꾸는 일이다
불쑥 어디론가 떠나는 여행이

온종일 머리가 지끈거리도록 생각했다
어디로 가지

떠날 준비 다하고 주저앉았다
갔다 온대도 말릴 사람 없건만

결국 집 밖을 못 나간다
핑계가 많은 못난 겁쟁이

하늘의 것이 좋아

예전엔
바지 끝단이 비에 젖는 것도 싫었다

이제는
비 소릴 듣고
비를 바라보고
비를 만져보고
비에 흠뻑 젖어도 좋다

세상에 쉬 흔들리지 않을
불혹을 지나
하늘의 뜻을 알고 받아드리는
지천명이 되어서가 아니다

눈물의 골짜기를
함께 지나고
어두운 밤을
함께 보낸 이가 있는 까닭에

하늘에서 내리는 것이라면

하늘의 것이라면
즐거이 누리고픈 마음이다

육체의 가시

가슴이 답답하고
목구멍이 뜨겁다
움찔 겁이 난다
심장이 내려앉고
코끝이 찡해온다
힘이 빠진다
세포 세포가
호통을 치는 기분이다
며칠은 꼼짝없이
침대 신세를 지게 생겼다

스물일곱 신하나

멀리 도망가 보라고
힘껏
밀어냈었죠

잘 살아보라고
미련 없이
보내줬었죠

놀랍도록 침착하게
시립도록 가볍게
안녕이라며 손 흔들었죠

그래놓고선
무심한 듯 기다렸던가요
부메랑처럼 돌아오기를

그날의 땅의 기운이
그때 하늘의 숨결이
오늘과 닮았었죠

무얼하셨에
긴 시간을 살아오는 동안
변한 게 나뿐인 건가요

꼬옥 안아 줄게요
끝없이 토닥여 줄게요
정말 잘했다 칭찬해 줄게요
스물일곱의 그대를
쉰하나가 된 내가요

만남

바뀌지 않을 것 같던
삶의 원칙이 변한 순간

부서지지 않을 것 같던
돌 같은 마음이 깨진 순간

찾아와 어루만진
기적 같은 순간

당신뿐인 내게

보호와 거처가 되는
장막 됨이

함께 즐거워할
벗 됨이

당신뿐인 내게
그것이 그리 어려움이었나

콩깍지

사랑할 대상은
오직 너 하나뿐인 것처럼

어둠 속에
오직 너 하나만 빛인 것처럼

내가 부를 노래는
오직 너의 이름뿐

이래도 그대는

세상의 풍파에 쉬 흔들리고
다 갉아 먹혀 상처 난 마음
당신 보시기엔 어여쁜지

재를 뒤집어쓰고
거름에 지나지 않는 고된 삶
곁에 있어도 좋은 향기인지

완전한 사랑을 주시지만
실망스런 이 사람
언제까지라도 기다려 주실런지

이래도 그대는
사랑인 거죠

나는요

당신의 관심과 사랑 없으면
금방 시들어
언제 죽을지 모르는
꽃인가 봐요

당신이 만든
사랑의 동산에서
물댄 동산에서
영원히 피고 또 피는
불멸의 꽃이고 싶어요

신세를 볶다

귤 수확이 한창인 12월이면
귤정과를 만든다.

계란보다 작고 껍질이 얇은
당도 높은 서귀포 귤을
깨끗이 씻어 꼭지를 따고
설탕물에 푹 끓인 후 식혀
10시간 이상 건조시키면 완성이다

그냥 까서 먹으면 편하겠지만
매년 신세를 볶으며 만든 귤정과는
여유로운 아침 시간
차와 곁들여
맛과 향을 즐기기에 참 좋다

그대의 향기와 닮은 차에
나를 닮은 달콤한 귤정과
그 어울림의 조합을
매일 아침 느끼고 싶어
올해도 신세를 볶고 있다

물방울

어머니의 사랑은
돌 같은 마음을 뚫고
스며들어 흐릅니다

보고 싶다
사랑한다
얼굴만 자주 보여 줘라

어머니의 마음을
자식을 키우며
겨우 조금 알 것 같습니다

보고 싶다
사랑한다
언제 올 거니

반백 년
어머니의 딸로 살아보니
변함없는 그리움이 사랑이란 걸 알겠습니다

*시작 노트 : 수적천석은 지속적으로 떨어지는 물방울이 돌에 구멍을 내고 뚫는다는 뜻이다. 어머니의 사랑은 또 아버지의 사랑은 돌도 뚫는 돌뚫물 같다.

이별을 준비하는 중에 문득

가장 행복했던 순간이 언제였던가
이별을 준비하며 생각해 봤어요

과거로 돌아가고 싶진 않지만
엄마를 위해서라면 가야겠다 싶어요

재롱떠는 나를 무릎 위에 안고서
활짝 웃으시던 엄마의 젊은 날로

곱고 건강했던 엄마가
어린 나랑 단짝이었던 그때 그 시절로

잊혀지지 않게 맘껏 만지고 보며
고생 좀 그만하라 말해 주고 싶어요

매일 아침 보고 싶다 전화해도
냉큼 달려가지 못하는 딸인 걸요

자식 키우는 것보다
호박 농사짓는 게 나을 뻔 하셨어요

후회로 남기지 않으려는 몸부림이
무슨 소용이 있겠어요

떠나시고 나면
못한 거만 생각나서 괴로울 걸요

차 한잔하실래요?

새벽 밝아오는 이른 아침
밤이슬 듬뿍 머금은 여린 잎을 딴다
잘 달구어진 솥에 고른 잎을 덖고
식혀 비빈 찻잎을 다시 덖어
차를 만들어 놓으니
참 좋다

차를 우리는 시간
그 기다림에 우러나는 고운 빛깔
맑고 기품이 있는 새벽 공기 그 냄새
무심히 흐르는 시간이 차분하다
그대와 마주 앉으니
참 좋다

차 한잔하실래요?

당신에게 가는 길

2025년 4월 10일 인쇄
2025년 4월 17일 발행

지은이 / 길숙희
펴낸곳 / (주)대한출판
등록번호 / 2007년 6월 15일 제 3호
주소 / 충북 청주시 청원구 북이면 내수로 796-68
전화 / 043) 213-6761

ISBN 979-11-5819-114-6 03800
값 12,000원

◆ 이 책은 대한기독문인회 빛누리출판 사업으로
   (주)대한출판의 지원을 받아 발간하였습니다.